KB086013

독고
2

독고 2

민 글
백승훈 그림

2

毒旵

대마야.

그런 거 걸리면
방어 못 해줘.

됐다.

큭큭큭. 뭐 걸릴 일이 있겠어?
너도 한 대 할래? 이거 네덜란드에선
불법도 아니야.

저기 저
오빠한테 가.

오빠아… 안녕하세요?
여기 앉아요.

이거야 원.
뭐 하는 애들이야?

뭐 하는 애들이긴?
돈 주면 오는 애들이지.
얘들 오늘 하룻밤 쓰는 데 들어간 게
우리 회사 대리 월급보다 많아.

사원들이 알면
뒤집어지는 거 아니냐?

쟤는 네 후배일걸?

똑똑한 애들이 이런 걸로 돈을 버는 세상이라… 이러니 매일 시위인가 봐.

야. 진짜 재밌는 이야기 해줄까?

응?

아니, 지들도 깨끗하지 않다는 거야.
근데 지들은 엄청 깨끗한 척 착각해.

뭔 소리야? 오빠.

시장에 11평짜리 가게를 낸 놈을
내가 아는데 구청에 신고는 4평 들어갔어.
세금 아끼려고.

그런 종류 이야기는
내가 할 말이 많을 것 같네.
내가 아는 주유소가 있는데 여기 직원들
전부 장부 조작해서 조금씩 떼먹어.

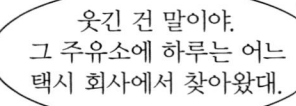

그런 도둑들은 기업에는
늘 있어. 그래서?

웃긴 건 말이야.
그 주유소에 하루는 어느
택시 회사에서 찾아왔대.

앞으로 여기에서만
기름 넣을 테니 회사 야유회 하는데
찬조하라고.

대박. 깬다, 진짜.

14

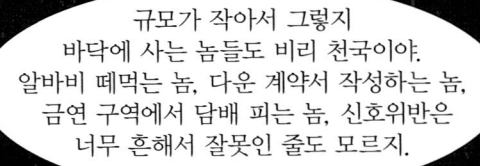

규모가 작아서 그렇지
바닥에 사는 놈들도 비리 천국이야.
알바비 떼먹는 놈, 다운 계약서 작성하는 놈,
금연 구역에서 담배 피는 놈, 신호위반은
너무 흔해서 잘못인 줄도 모르지.

내가 하고 싶은 말이 그 말이다.
역시 넌 말이 통해.

그런데 그런 놈들이
세상을 향해서는 정의로운 척하거든.
그러니 세상이 바뀔 리가 있나?
자기가 못 가진 걸 화풀이하는 놈들인데.
정의가 아니라 사실은 증오거든.

야, 태성아. 그럼 그 바닥들을
어떻게 끌고 가야 하는 거냐? 요즘
노조원 한 명 땜에 머리가 아파.

응?

가지게 해줘.

말했잖아. 정의로운 척하지만
사실상 못 가져서 화풀이하는 거라고.
그러니 힘을 가지게 하고 권력을 주고
돈을 주고 신뢰를 줘.

그래도 말을 안 들으면?

가끔 그런 놈들이 있지.
진짜 순수하게 정의를
위해 싸우는 애들.
그러면 그런 놈보다 아래 직급
사람한테 힘을 줘.

위도 상관없어. 잘난 놈 싫어하는 건
이 나라 종특이니까 사실 아무나 상관없겠네.
적당히 주변인들만 전부 챙겨.

으흠…

그런 걸로
효과가 있을까?

아마 한 달 정도 지나면
다들 이렇게 말할 거야.

"지가 진짜
잘난 줄 아나 봐."

"너무 설치니까
보기 좀 그렇다."

"아니, 도대체 왜 저런대?
진짜 시끄러운 사람이네."

"아… 불편해."

그렇게 여론이 형성되면
스스로 사표를 쓸 거야.
그런 인간들이 못 견디는 게
동료라고 믿었던 사람들에게서마저
외면당하는 거거든.

음.

네가 먼저 나서서 해고할 필요가 없어.
견디지 못해 자리를 박차고
나가게 만들면 아무 문제가 없어.
촌스럽게 책상 빼기 같은 건 하지 말고.
그거 법으로 가면 불리해.

역시 널 만나길 잘했다.
시간을 갖고 말려 죽여라?

근데 오빠들 말하는 거
좀 무섭다.

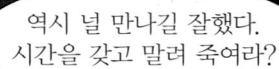
빙고.

돈 많이 버는 게 꿈인 나라에서
돈 가진 사람들이 뭘 못 하겠어?
결국 오너가 가지고 노는 대로
움직이는 거지.

그러다가 변수가 튀어나오면?
변수가 있을 거 아니에요?

변수? 거지들한테
변수란 게 그렇게 많지 않아.

야. 1호. 우유 사 와라.

…

만약 변수란 게 있다면…

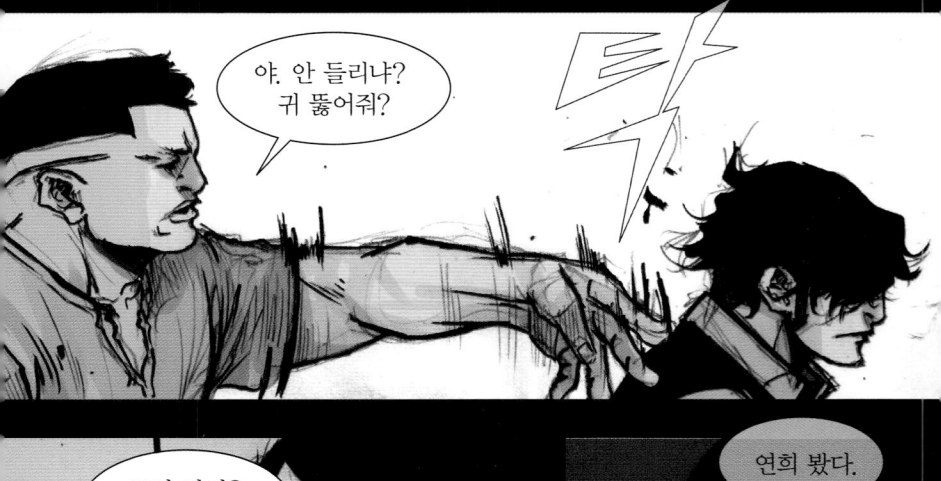

야. 안 들리냐?
귀 뚫어줘?

탁

표정 봐라?
이 새끼가…?

연희 봤다.

나 자꾸 괴롭히면
연희한테 이른다?

그 변수마저 제거해야지.

이… 이게?

거기다 무식해서 뭘
어떻게 해야 하는지도 몰라.

그런 시키가
무슨 회장을 한다고.

푸른이가 좋은 건
발라도 뒤탈이 없다는 거야.
보호자가 없잖아.

누가 푸른이를 위해서 대신 싸워줘?
경찰에 누가 신고할 거야?

사람도 한 명 죽인 놈이니까
솔직히 까도 양심에 찔리지도 않잖아?
맞잖아? 내 말 틀려?

밤 12시 넘어서 연경공원.

평일.

애들 몰래 빼돌리는 거라서
좀 조용히 만나야 할 것 같아요.

선배가 빨리 받아 챙기세요.

어, 고맙다, 종석아.
진짜 너뿐이다. 고맙다.

응, 응.
어디로 가야 되는데?

연경옥

아… 씨. 뭐야? 야밤에 집합 걸어서 쫄았네.
강희성은 왜 손에 너클 끼고 있는 거야?

몰라. 근데 우리
누구 기다리는 거냐?

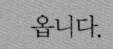

옵니다.

어…?

종석이는?

너희 뭐야?
종석이 어떻게 했어?

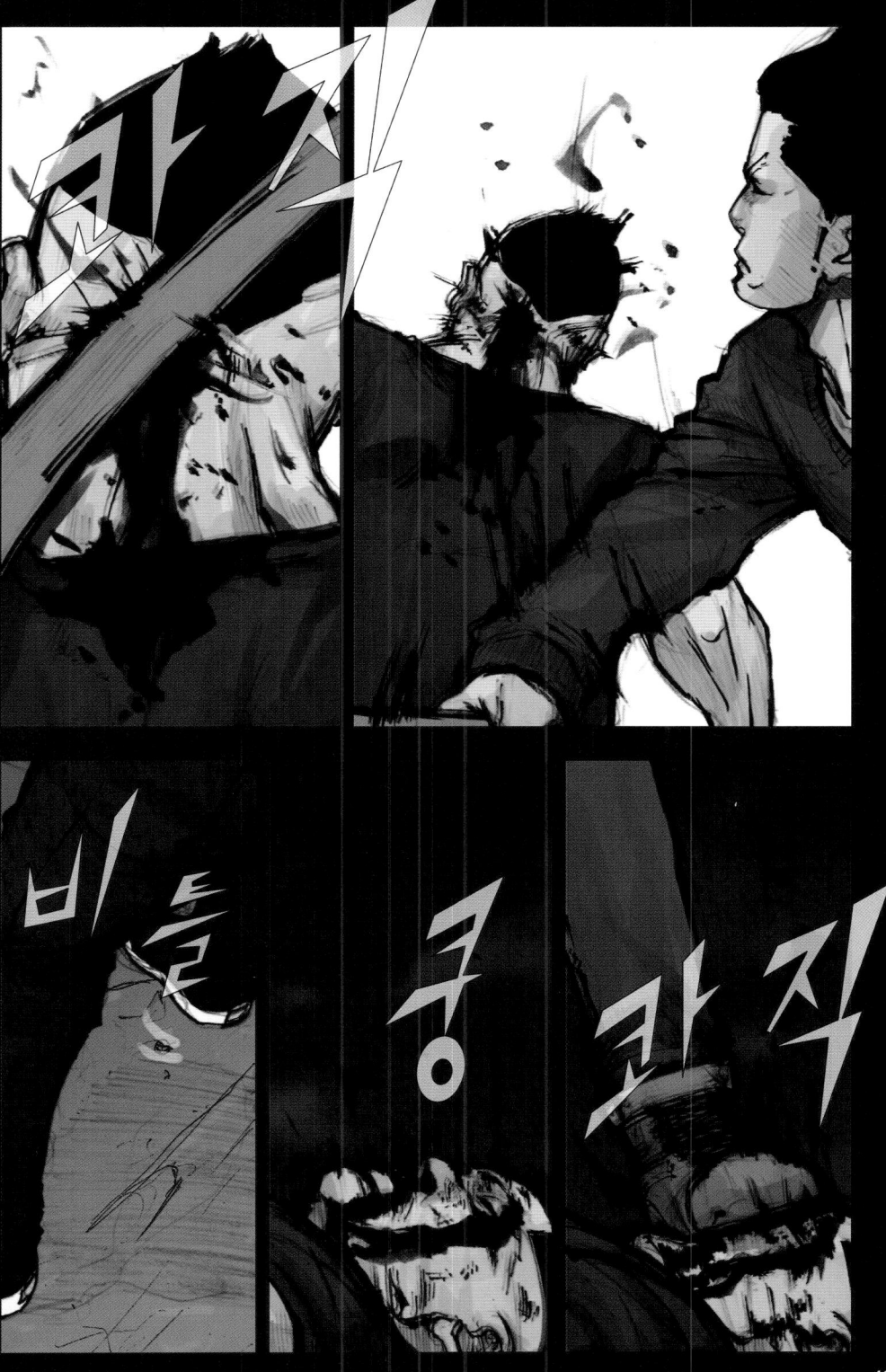

쿨럭… 쿨럭…

기습에 다굴하니까 쌀없네.

어이. 백돼지.
불쌍해서 어떡해?

뭘 그런 눈으로 봐?
기왕 불쌍한 거 계속 맞자. 응?

와 씨. 깜짝이야.
이 새끼 울어. 이거 봐봐.

진짜? 진짜?

대박. 질질 짜는 것 봐.

야. 찍어, 찍어.

키키킥.

찰칵

찰칵

찰칵

찰칵

플래시 켜고 찍어.
어두워서 잘 안 나와.

찍은 거
SNS에 올리지 마라.
문제 생긴다.

예!

근데 너 깝치면 올린다?

별거 아니네.
너클 끼고 때리니까 좆도 아냐.

종석이 한 방이 컸지.
처음에 뒤에서 깠잖아.

그것보단 내가 볼 땐 빽이
종석이 얼굴 보고 넋이 나갔어.
배신감 쩔었나 봐.

왜 함부로 사람을
믿고 그러는지 몰라.

거기에 비하면 이건 벌도 아니야. 그지?

쿨럭…

간단하게 팔뚝만 부러뜨려드릴게.

꾸욱

우드득

끄아아아아아!

안녕하세요.

안녕하세요.

야. 이사님 멋있지 않아?
키도 크고 얼굴도 괜찮고.
매일 음료수라도 줘볼까?

미친년. 좋아하는 티 내지 마.
'남교사 여고생 결혼하자고 꼬여 강제로 관계'
이런 신문 기사가 막 떠오르네.

이 시키!

이… 씨발.

데리고 꺼져.

죽어! 개새끼야!

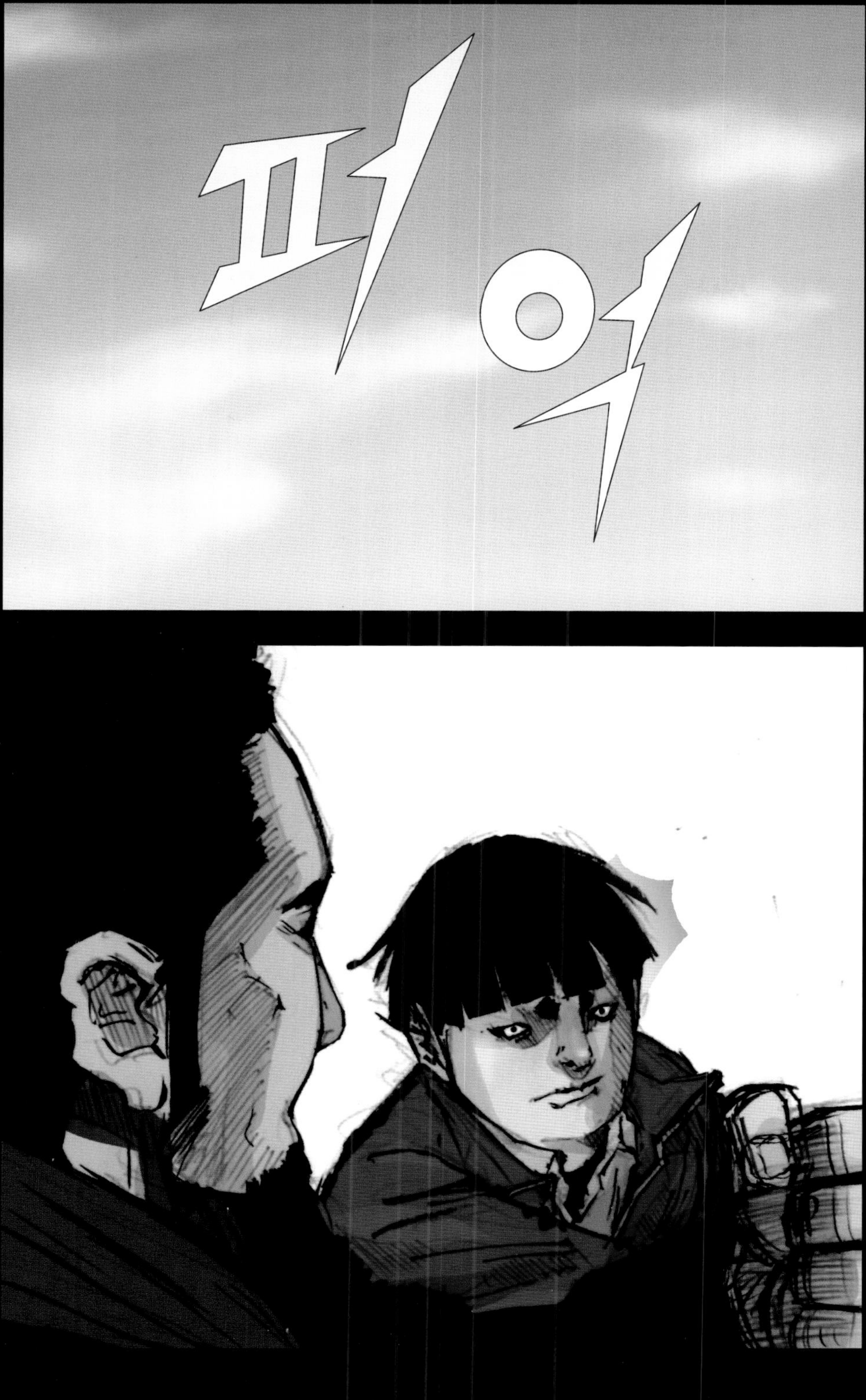
피익

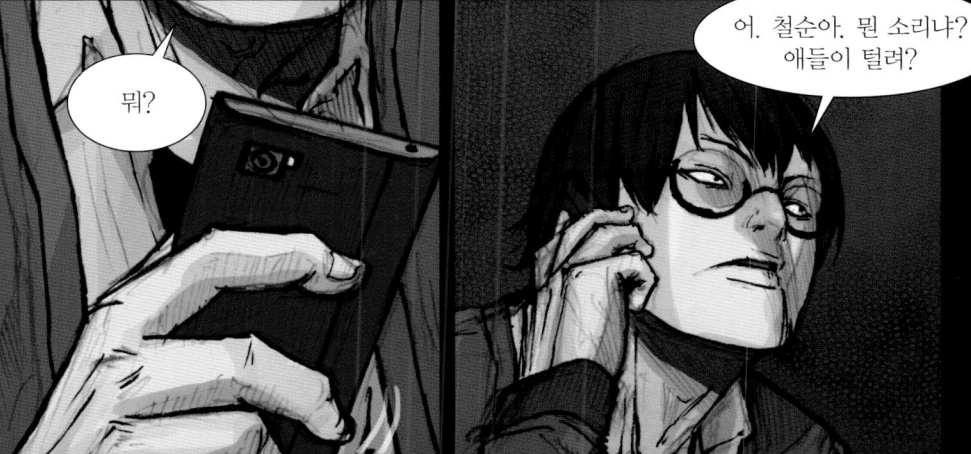

그지. 근데 우리가 털렸다는 게 중요한 거지.
서북고연 통일하고 회비 걷기로 하고
아직 첫 회비도 안 모였는데 이래서야 되겠어?

...

야. 야자 마치는 시간 맞춰서
전부 모이라고 해.

어때?
소소한 즐거움.
오키?

요즘은 옥상 닫아놔서
열고 들어오기 참 귀찮아.

열쇠 2학년한테 넘기라니까.

귀찮게 네가 왜 들고 다녀.

됐고.

아침에 현덕고한테
처맞은 놈들 나와.

금지어

돈이 마련되었다고 해서
기다렸더니 소식이 없군.

너 같이 근본 없는 인간을
믿는 게 아니었는데 말이야.
평생 벌어서 갚는다더니
벌써 펑크나 내고.

죄… 죄송합니다. 선생님.
사정이 생겨서…

정말로 사정이 생겨서.

두고 보자. 오늘은 일단
경고만 한다만 다음엔 찾아가는
서비스로 모실 테니까.

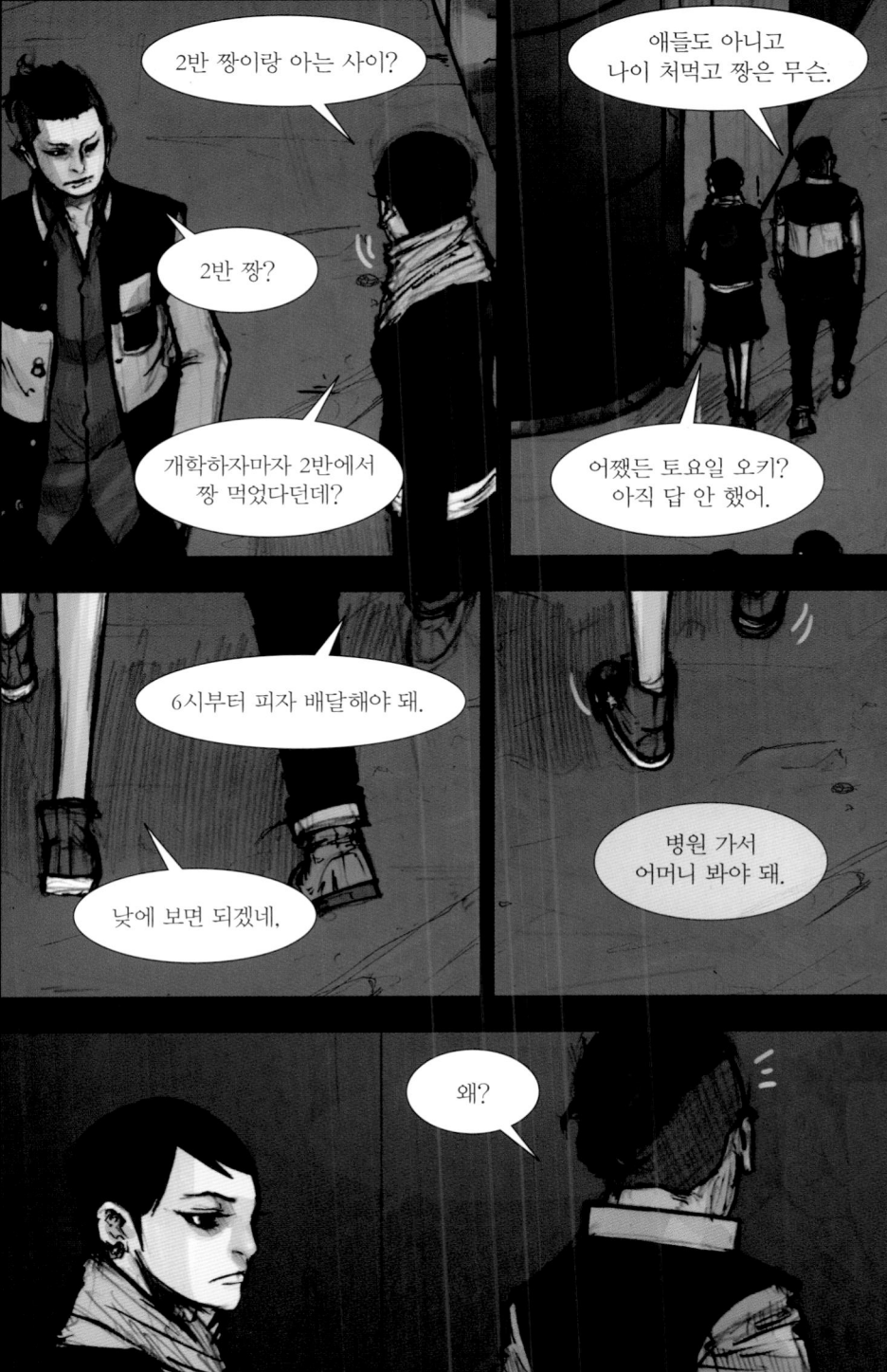

현덕고는 예외였어.
특수학교인 데다 나이 많은 꼴통들이
모여 있는 곳이니까.

솔직히 까고 말해서.

...

78-2

근데 씨발.
네가 우리 학교를 건드렸네?

...

서북고연을
건드렸어, 네가.

아까부터 이놈 저놈
전부 서북고연이라던데
대체 그게 뭐냐?

무릎 꿇고 빌어도
모자랄 판에 뭐가 어째?

이것 봐.
자세가 글러먹었어.

후우…

하긴 어린애들하고
무슨 대화를.

뭐? 어린애?

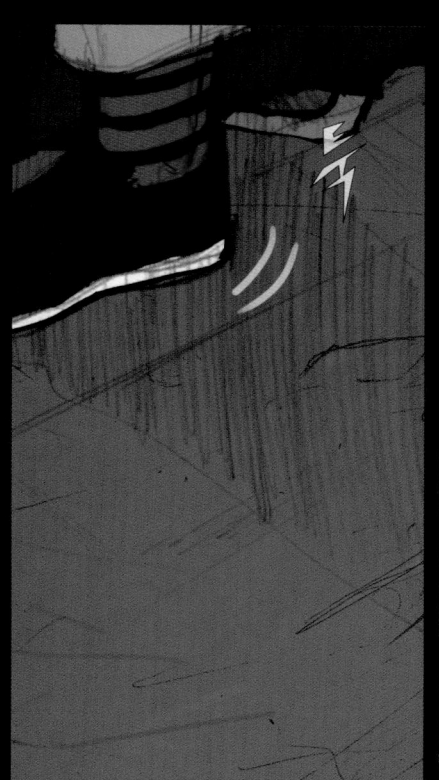

툭

야! 밟아!

…

저거…

벌써 멈춘 거냐?

제길, 어떻게 된 게
현덕고는 죄다 저 모양이지?

이야야야야~~

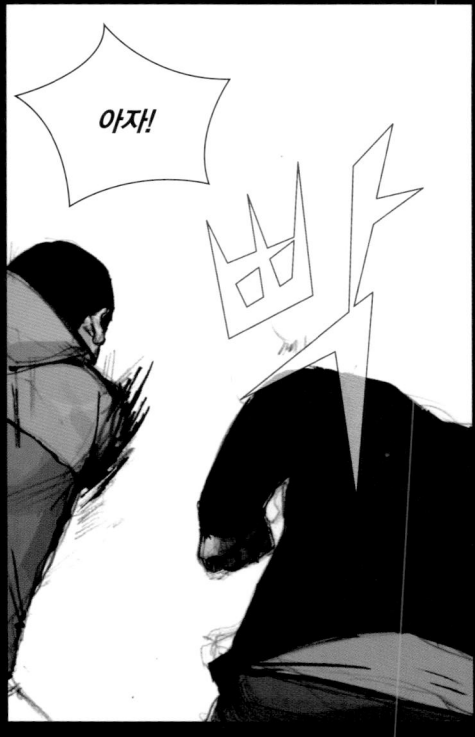

아자!

뻑

여기선 틀렸다.
일단 후퇴.

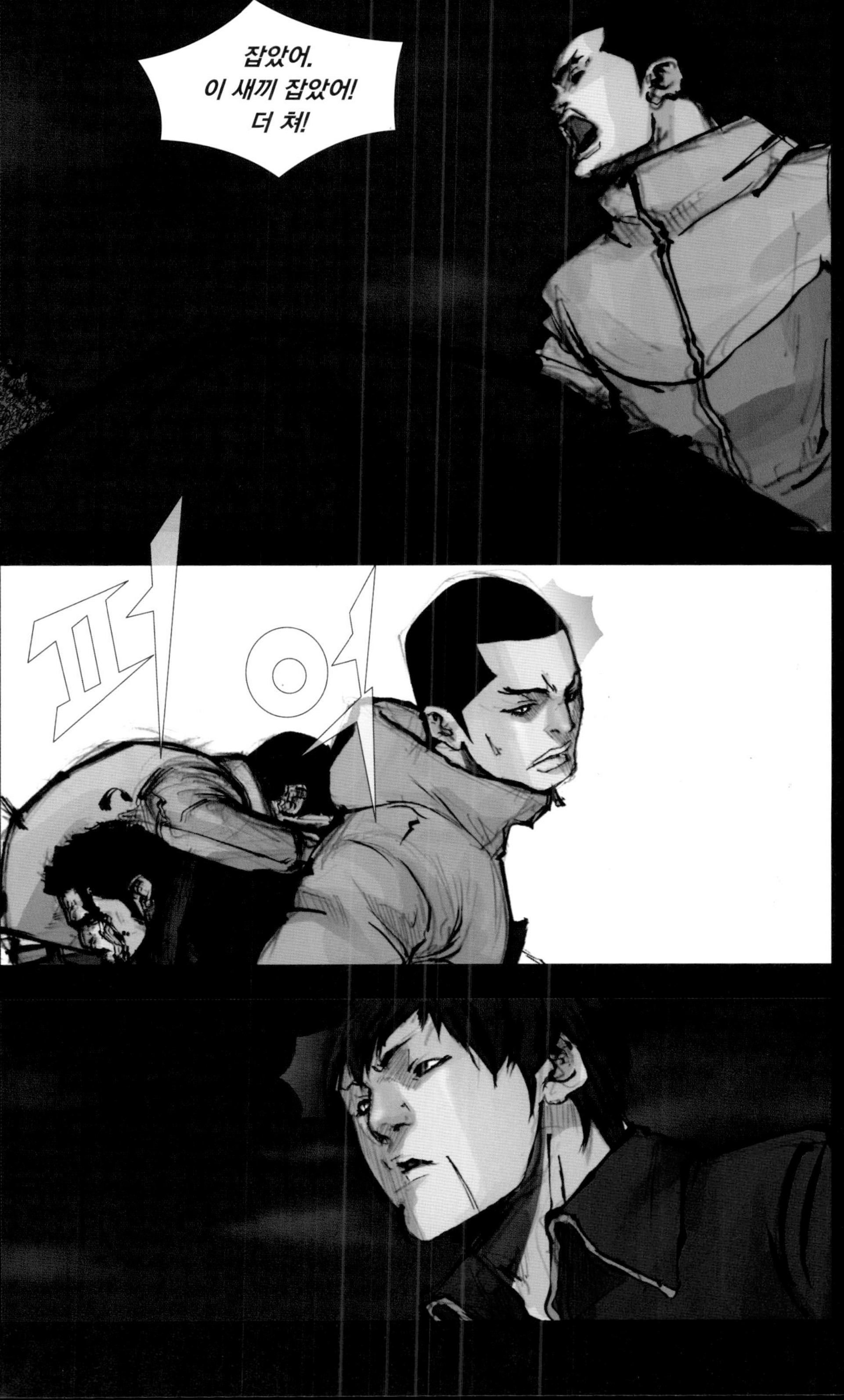
잡았어.
이 새끼 잡았어!
더 쳐!
퍼 어

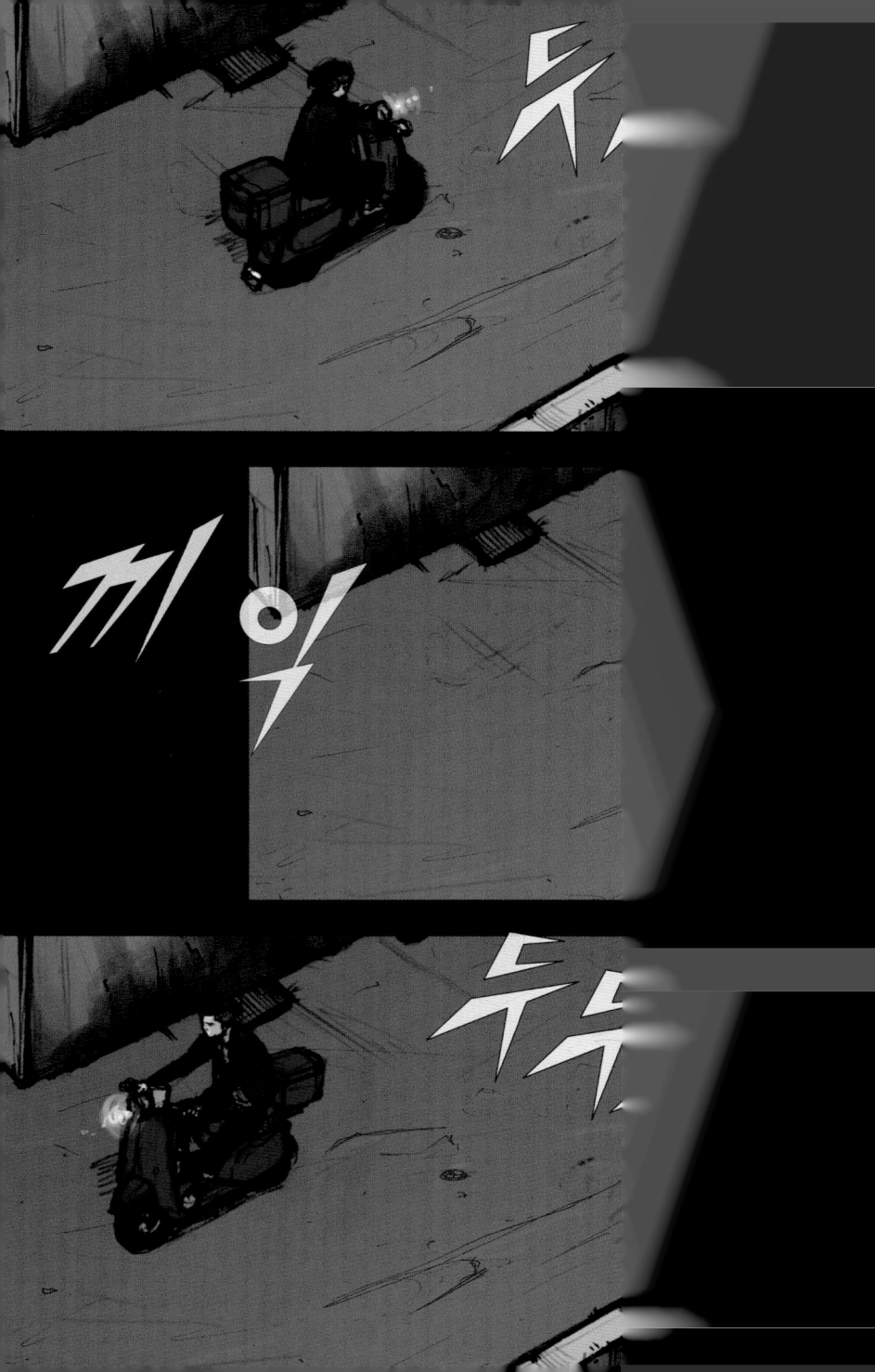

ㄷ ㄷ ㄷ

...

아… 내 가방.

작가가 당영고를 만들 때

비겁함도
18스푼 넣고

모래도 좀
넣어볼까?

으아ㅏ아ㅏ 아아아앜

끼익

뭐야? 주소 여기 맞는데?

저… 저기요.

피자 패밀리 사이즈에 파스타 하나 콜라 대 자. 24,900원입니다.

여… 여기요.

너 지금 뭐 했냐?

아, 아니요. 그게 아니라.

너 지금 피자한테 도와달라고 했지?

아, 아닌데요.

소매는 왜 잡아?

너 오늘 좀
얄미워 보인다.

도와…주…세요.

여보세요?

이제 이년 어떻게 할까?

원조 시킬까?

아, 씨발. 뭐야?

...

이 말라비틀어진 게!

그… 그만… 그만…

싫은데?

에?

우리… 서북고연이야.
너 가만 안 둬.

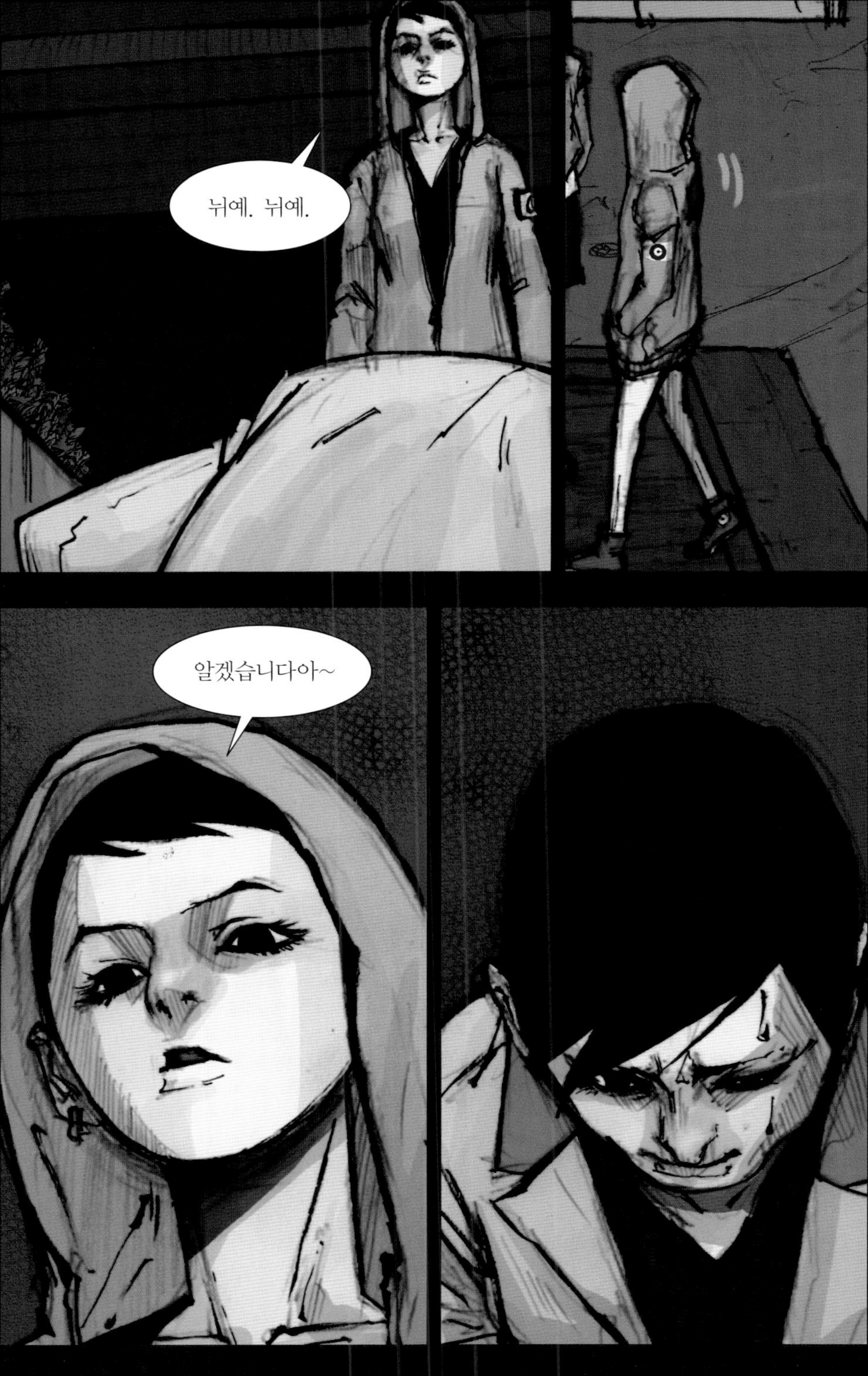
뉘예. 뉘예.
알겠습니다아~

애들 또 괴롭히면 현덕고에서 고슬기 찾아. 그게 나야.

응. 내가 사후 서비스는 확실하거든.

혀… 현덕고 고슬기요?

고, 고맙습니다! 고맙습니다.

컬이.

유림정보고 3학년
여자 짱 신윤정

드득

왔어?

왜 보자고 했어?

어제 배성여고한테 시비 걸고
한 명 잡는 중이었다는데 갑자기
현덕고가 끼어서 방해를 했다네?

뭐? 현덕고가?

MIRO

재들 말로는.
이름이 뭐라고?

고… 고슬기요.
분명히 그랬어요.
현덕고 고슬기라고.

안 그래도
일한이가 현덕고 문제로
이사회 하자고 하더라.

거기 개꼴통 모여 있어서
거기랑 충돌하면 머리 아픈데?

…

뭐야? 서북고연이 겨우
현덕고 무서워하는 그런 거였어?

서북고연에 참여 안 하는
학교들 밟는다고 했잖아?

그래서 여학교는 우리가
맡기로 했던 거 아니냐고?

내가 전학 오기 전 동네에
개꼴통 형제가 있었거든?

그 형제도 현덕고에 갔다는
이야기를 들었단 말이야.

응?

그래?

이 형들이랑 충돌하면 답 안 나와.
한 명도 미친놈인데 둘이 붙어 다니거든.

이름이 뭔데?

반민찬, 반월현.

이 미친놈들
답 나오기 전엔 붙으면 안 돼.

130

들어가실래요?
차린 건 없지만.

그거라뇨?

배달 폴리스라고
들어봤냐?

아니요.

아니다. 여기서 이야기할게.
너 혹시 그거 할 생각 없어?

휴대폰으로 검색해봐.
간단히 말하면 배달하면서 여기저기 돌아다니다가
이상한 거 보이면 경찰에 알려주면 돼.

음…

이를테면 가출 청소년들 모여 있는
폐가나 모텔이라거나 그런 거 보면.

귀찮은데요.
저 그런 거 안 해요.

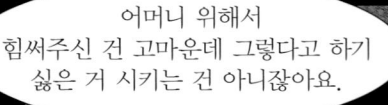

어머니 위해서
힘써주신 건 고마운데 그렇다고 하기
싫은 거 시키는 건 아니잖아요.

…

너 왜 이렇게
말투가 삐딱하냐?

사는 게 힘드네요.

요즘 이 근방에서 학교 폭력
사례가 자꾸 일어나고 있어.

애들이 무슨 학교 연합을
만들어서 그 연합에 들지 않은
학생들 상대로 삥뜯고 다니나 봐.

서북고연?

학부모들이
피해 신고를 하는데 정작 학교에 나가서
사례 조사해보면 0건이야.

네가 다니다가
이상한 애들 보면…

형사님.

애들이 무서워
하고 있단 거지.

애들이 입을 다물고
있어서 수사가 어렵다.

응?

안 들어오실 거면 이만.
내일 데이트도 있고.

그거 참 안됐네요.
근데 저랑은 상관없어서.

너…

데이트?

콰앙

저 자식이?

다시 총수 액자로
가려버리든가 해야지.

너 눈빛 진짜
마음에 안 들거든.

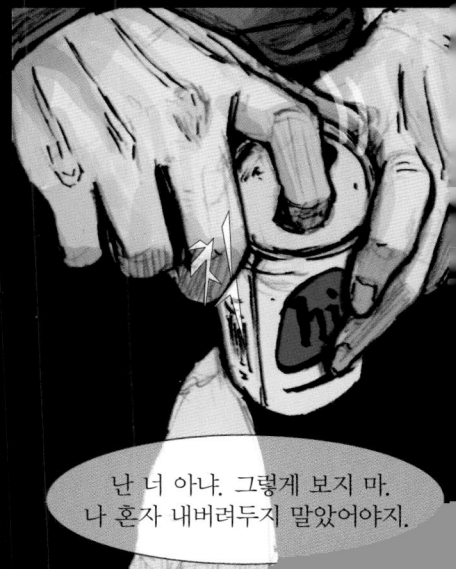

난 너 아냐. 그렇게 보지 마.
나 혼자 내버려두지 말았어야지.

너라면 싸움도 못하는 게
오지랖 넓게 나섰겠지만.

난 이제 비겁하게
살기로 했거든.

…

너.

내가 엄마 말 안 듣기를 바라냐?
그건 아니겠지? 넌 효자니까.

아니지.
너 엄마 저렇게 만든 불효자잖아.
너만의 정의가 가족보다 더
중요한 그런 놈이잖아? 그지?

난… 너처럼…

…안 살 거다.

혁이 너어

상여자

오… 교복 벗으니까 더 추레하네. 새 옷 좀 사라.

팩트로도 때리지 말라 했거늘.

어머니는 뵙고 왔어?

내일 봉사하러 가기 전에 뵈려고

오늘은 뭐.

천 원에 두 개?
이거 사줄래?

어?

뭐야? 천 원 없어?

여기.

이거 사줬으니까
밥은 내가 살게.

돈 없다고
봐준 거구나.

다 왔어.

하이.

왔어?

일한이도 현덕고랑
충돌이 있었대.

충돌은 무슨.
이세운이라는 놈인데 내가 잡았어.
근데 나한테 쫄아서 튀는 거야.

넌 토익 시험
언제 볼 거야?

벌써 그런 거 생각해?

당연하지.
취직하려면 지금부터
계획 세워놔야 돼.

아차 하면 순식간에
도태된단 말이야.

어? 잠깐만.

혁아!

종일아.

?

잘 지내?

현덕고를 잡아달라는 얘기?

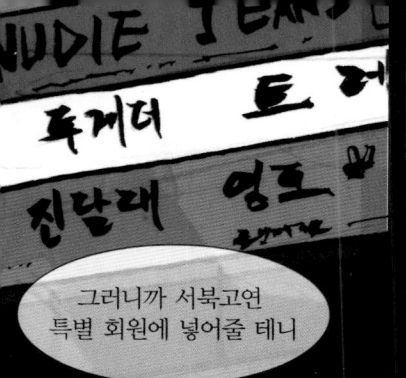

그러니까 서북고연 특별 회원에 넣어줄 테니

예. 달에 300 드릴게요.

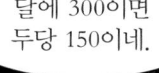

달에 300이면 두당 150이네.

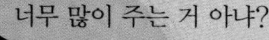

너무 많이 주는 거 아냐?

에헤헤⋯

들었냐?

…

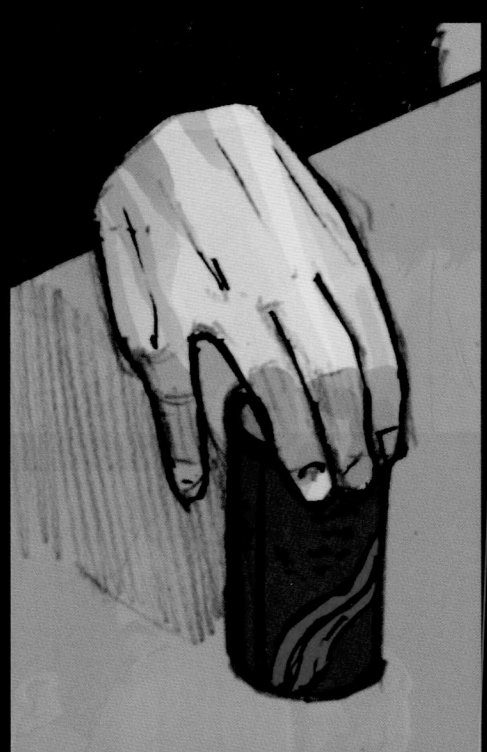

넌 하던 대로 30씩만 가져와.
나머진 내가 다 책임질게.

...

근데 오늘 왜
이렇게 늦게 왔어?

데이트라고
했잖아요.

진짜였어?
너 같은 놈 좋아하는
여자도 있어? 허허.

그러게요. 나 같은
가난뱅이한테.

에이. 자식 왜 그래?
데이트면 좀 더 있다 오지?

그러려고 했는데 좀
울적한 일이 생겨서요.

그래?

근데 왜 이렇게
잘해주세요? 저한테?

그거 도와드릴게요.

뭐?

배달 폴리스…

이세운은
내가 잡는다니까?

그래도 그 형제들
실력은 확인해봐야지.

야. 걔네들 이세운 못 잡으면
내가 확 잡는다?

그래, 그래.

그땐 아무 말 하지 마.

어휴… 등신.

걘 어떡할 거야?
고슬기.

반민찬이
여자애들 몇 명 있다고 했잖아.
고슬기 까면 100 더 주기로 했으니까
그냥 기다려.

왜 그렇게
복잡하게 하는 거야?

바보냐?

뭐?

지들끼리 싸우게 하면
우리가 나설 이유가 없어.
현덕고 정리되면 그 형제는
우리가 다굴 치면 되고.

원래 푸른이를 이렇게 쓰려고 했단 말이야.
하도 돈을 밝혀서 빨리 처리한 거지.

잔대가리 하나는 진짜…
왜 실업계 왔냐?

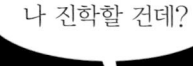

나 진학할 건데?

하여튼 우린 앉아서
꿀 빠는 거지?

당연하지.
세상 이치가 머리 나쁘고
힘 세면 노예라니까?
세상은 머리 쓰는 놈들이
이기는 거라고.

저 바보들이 오면
애들이 진짜 좋아해.
딱 지들 수준이거든.

연희는?

요즘 울적해.
푸른이가 안 와.

학교도 안 나오는데.

…

연락하면
아무 일 없다 그러고.
연희한텐 아무 말도
하지 말라 그러고.

좀 있으면 휴대폰 끊기니까
연락 못 할 거라고 하더라고.
뭔 일이 있나?

됐어. 나랑 그렇게
친한 것도 아니고.

누가 뭐래?

어디 사는지 알아?

오늘은 안 되고. 다음 주.

같이 가자.

흠흠. 가만 보면
너도 참 마음이 여린 것 같아.
언제 가려고?

현덕고 박선영, 이진화

너 유림 애들 건드렸지?

뭔가 했더니.

따라와라.
대화 좀 하자.

저건 뭐야?

참관인.

183

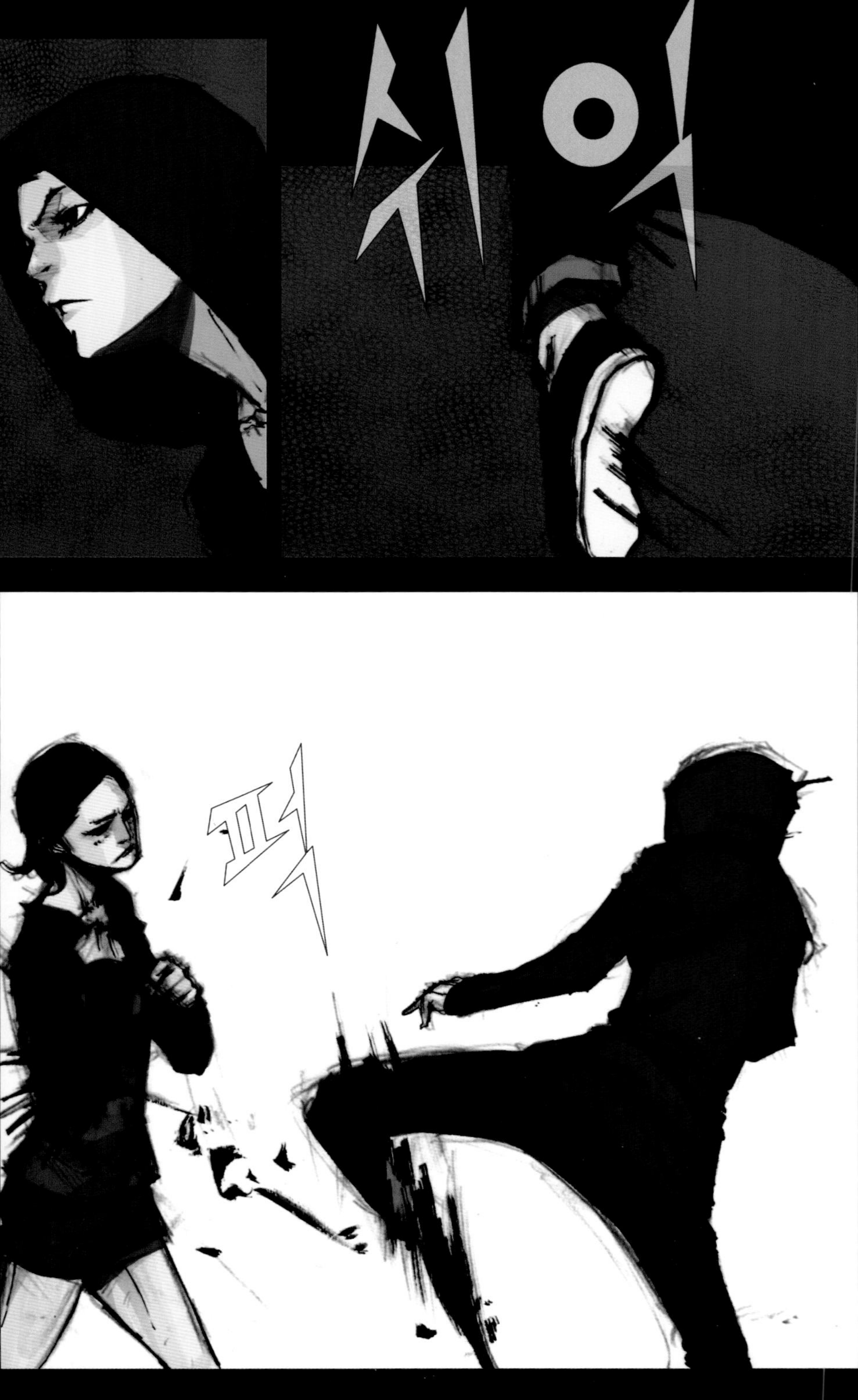
퍽

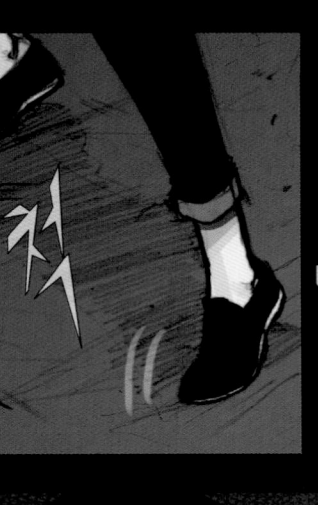

태권도 배웠어?

이년 좀 오싹하네.

제법이긴 하네.

?

꺽…!

이거 학살이야.

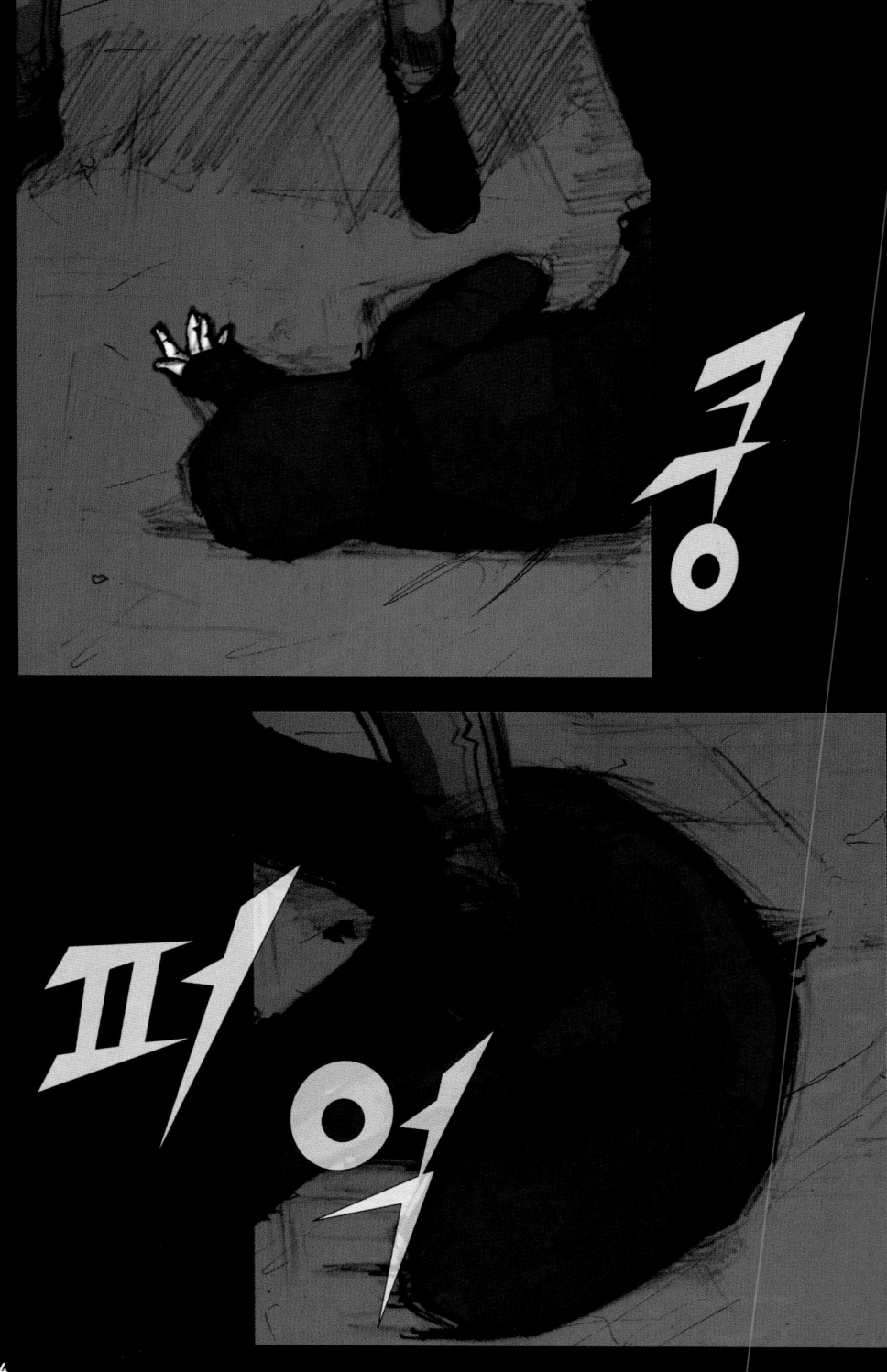

아프냐?

서북고연 건드리지 마라.

콜록… 콜록…

꾸
욱

커억… 커억…

다음엔 어디 한 군데
부려뜨려놓을 거니까.

철 컥

철 컥

커억… 커억…

잘칵

엄살은. 여자라고
세게도 안 쳤구만.

어. 사진 봤지?
완료했으니까 입금해라.

아직 안 왔…

아니,

저기 오는
저놈인가?

이세운이지?

뭐냐?

잠깐 보자. 따라와.

서북고연 알지?

뭐 하는 놈이냐고?

너 좀 잡아달란다.

어이가 없네. 앞장서라.

뭐야?

형님. 이세운도 오늘 잡는다고 하셨죠?

이제 잡을 거야.

일한이가 이세운 잡는 거 꼭 보고 싶다고 그러는데요.

걘 학교 안 가냐?

지각해도 된대요. 좌표 좀…

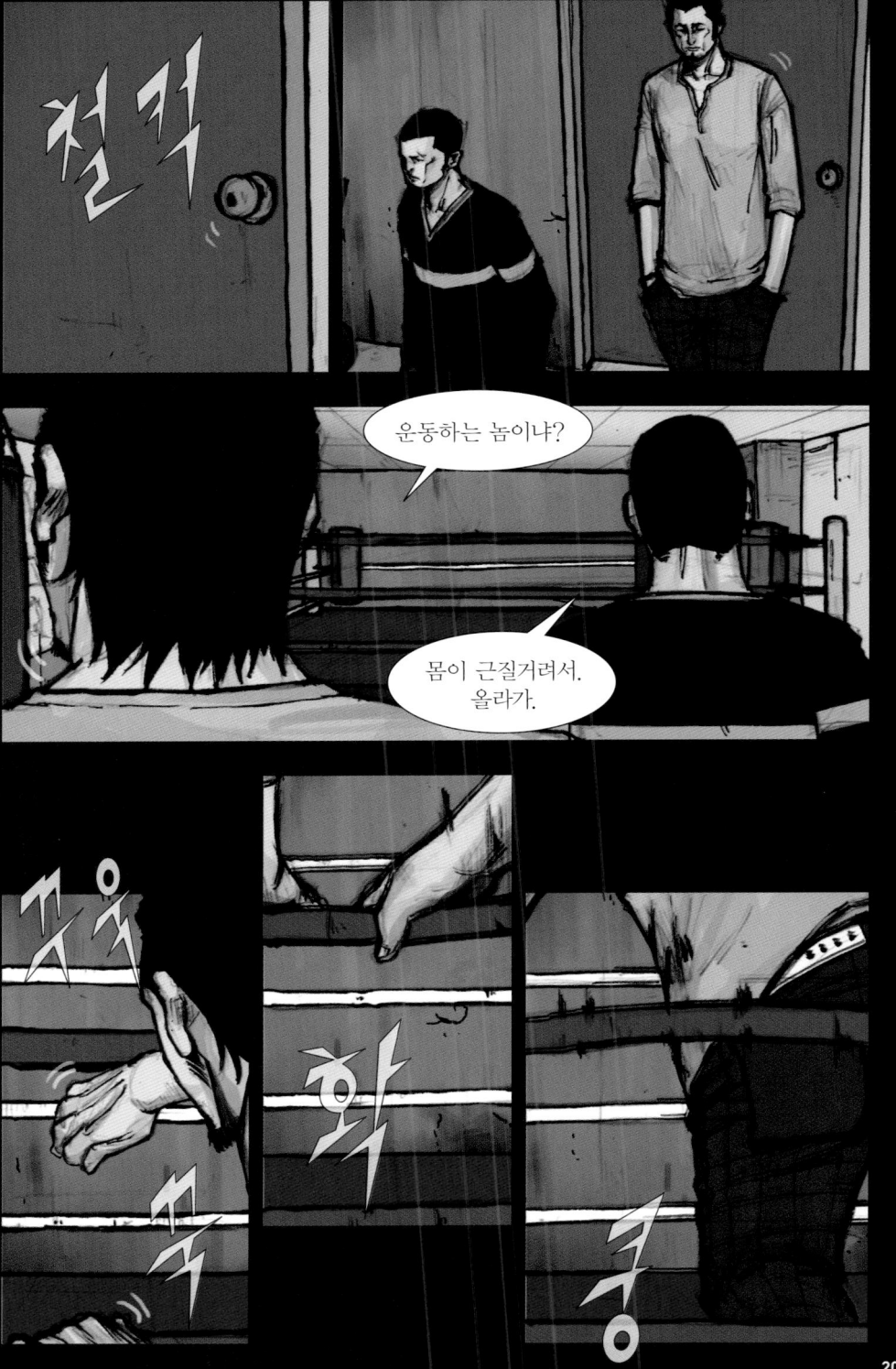

운동하는 놈이냐?

몸이 근질거려서.
올라가.

절 꺽

쉬익

탁

탁

그래도 좀 하는구나.

건방지긴.

끼
익

뭐야?
아직 안 끝났네?

생각보다 잘 쳐.
저건 왜 달고 왔어?

잡는 거 꼭 지 눈으로
보고 싶다나?

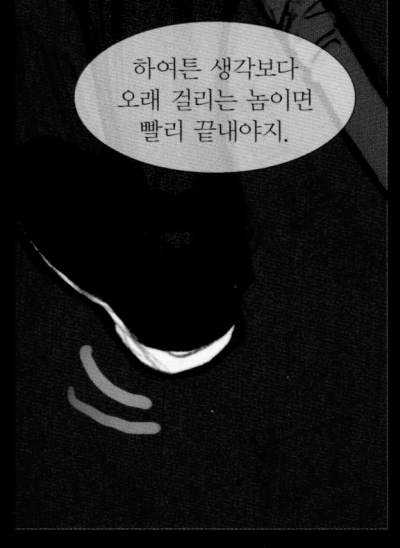

하여튼 생각보다
오래 걸리는 놈이면
빨리 끝내야지.

뭐냐? 2대 1이냐?
생긴 것처럼 비겁하네.

그래?

카 직

우 당 탕

뭐야? 별거 아니잖아?

그러게.

이거… 둘이 되니까 두 배가 아니라 서너 배 어려워진 기분이야.

둘이 꼭 한 몸같이 움직인다. 합이 너무 좋아.

뭔 짱구를 그렇게 굴려대고 있나?

각각의 기량도 수준 이상이다. 이거… 쉽지 않겠는데?

빨리 끝내자, 형.

그래.

쉬익

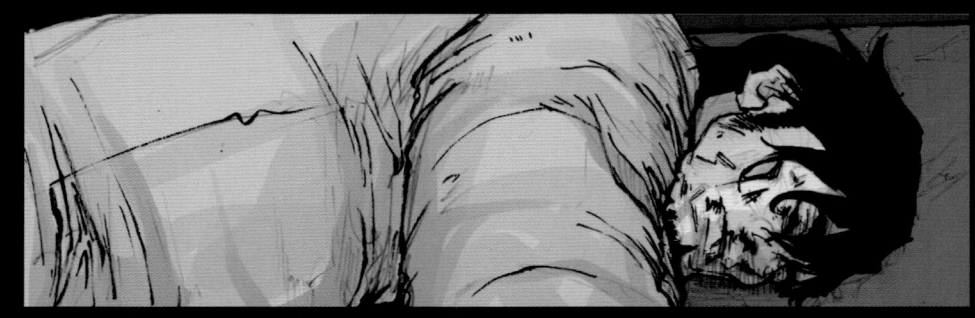

와… 역시.

너 이리 올래?

예.

개새끼. 나한테 쫄아서
튈 때부터 알아봤다.

서북고연 건드리면
이렇게 되는 거야.

맞아 죽기 싫으면
서북고연에 까불지 말라고.

야.

너희가 가장
강하다고 생각하고 있겠지?
그런데 그거 알아?

이 새끼…

우리 학교에
독고가 있다.

!

가만. 계속 떠들게
내버려둬봐.

독고가 뭐야?

양아치인가 보지.

새롭게 살려고 지금은
실력을 감추고 웅크리고 있어.
하지만 이런 식이면 곧 독고가 나설 거다.
너희를 용서할 정도로
독고가 바보는 아니거든.

절대 못 이길걸?

뭐래? 이거.

그 녀석은 그야말로…

최고 중 최고니까!

민중검사 프리패스

콜록…

왜?

엄마가 걱정해.
나 요즘 학교 잘 다니고 있다고
좋아하신단 말이야.

모텔 같은 데 잡아서
그냥 누워 있고 싶어.

혼자 산다며? 집에 좀
누워 있으면 안 돼?

모텔비가 없는데.

...

띠 리 리 리

뭐?

...

그러든지.

도로 나가서
택시 잡자.

으응...

띠 리 리 리

어.

주말에 푸른이한테 갈 필요 없어.
나 지금 푸른이 집이야.

응?

편지 한 장 써놓고 나갔대.

벽두
고시원

돌아와서 꼭
밀린 방 값 갚겠다고.

무슨 소리야?

난들 아냐?
이 자식 어디서 거지같이
다니고 있는 것 같은데
갑갑하네.

어이, 어이.

야, 이거 어디 교복이냐?

서북고연은 아니야.

그지? 팀킬 아니지?

돈 좀 주고 가라.
우리 서북고연이야.

!

단숨에 끝낸다.

아침 안 먹었어요?

그냥...

몇 살?

열아홉이요.

언니라고 불러. 저기 밥솥에
밥 있으니 퍼 오든지.

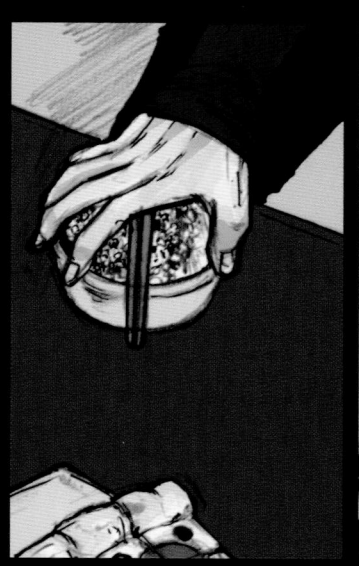

잘 먹겠습니다아!

뭐야? 멀쩡하네.

아깐 진짜 아팠는데 괜찮아졌어요.

존댓말 어색해. 그냥 말 놔.

그럴까? 난 고슬기. 넌?

언니라고는 부르고.

언니는?

박한솔.

이름 예쁘다.

얼굴도 예뻐.

…

왜?

자뻑인데 멋있어.
자기 입으로 그런 말 하기
쉽지 않잖아.

사실이니까.

와… 언니. 포스가 느껴진다.
혁이랑 어떻게 알아?

걔 형이랑
사귄 적이 있어.
쌍둥이거든.

아… 깨지고 난 뒤에도
동생이랑 연락하는 거야?

죽었어.
쌍둥이라서 얼굴이 같으니까
내가 심심하면 불러. 혁이 피자집
알바하거든.

아… 그래서 반찬으로 피자가.

물려서 요즘은 그냥 버리는데 가끔 한 조각씩 먹어. 가성비 헬이야.

똑같이 생겼으면 혁이도 좋아하겠네?

아니. 그런 건 아냐. 그냥 요즘은 오래 사는 남자가 이상형이야. 넌? 혁이 좋아해?

응. 얻어 맞는 게 좀 그런데 생긴 건 괜찮잖아.

에?

걔가 얻어 맞는다고?

응.

이게 어디서 발연기를 하고 다니는 거야?

259

이 씨.

철컥

철컥

내가 피는
안 보려고 했다.
개새야.

몇 년 전에.

뭐?

내 친구들과 어울려서 매일같이 서로 치고 박고 하면서 산 적이 있지.

갑자기 헛소리야?

그때 손에 뭔가를 잡기만 하면 장난 아닌 녀석이 있었어.

덕분에 어지간한 칼 따위는 우습게 보여.

미친놈이. 이 상황에서 무슨 입을 털어?

다다다

놔라!

좋은 말 할 때!

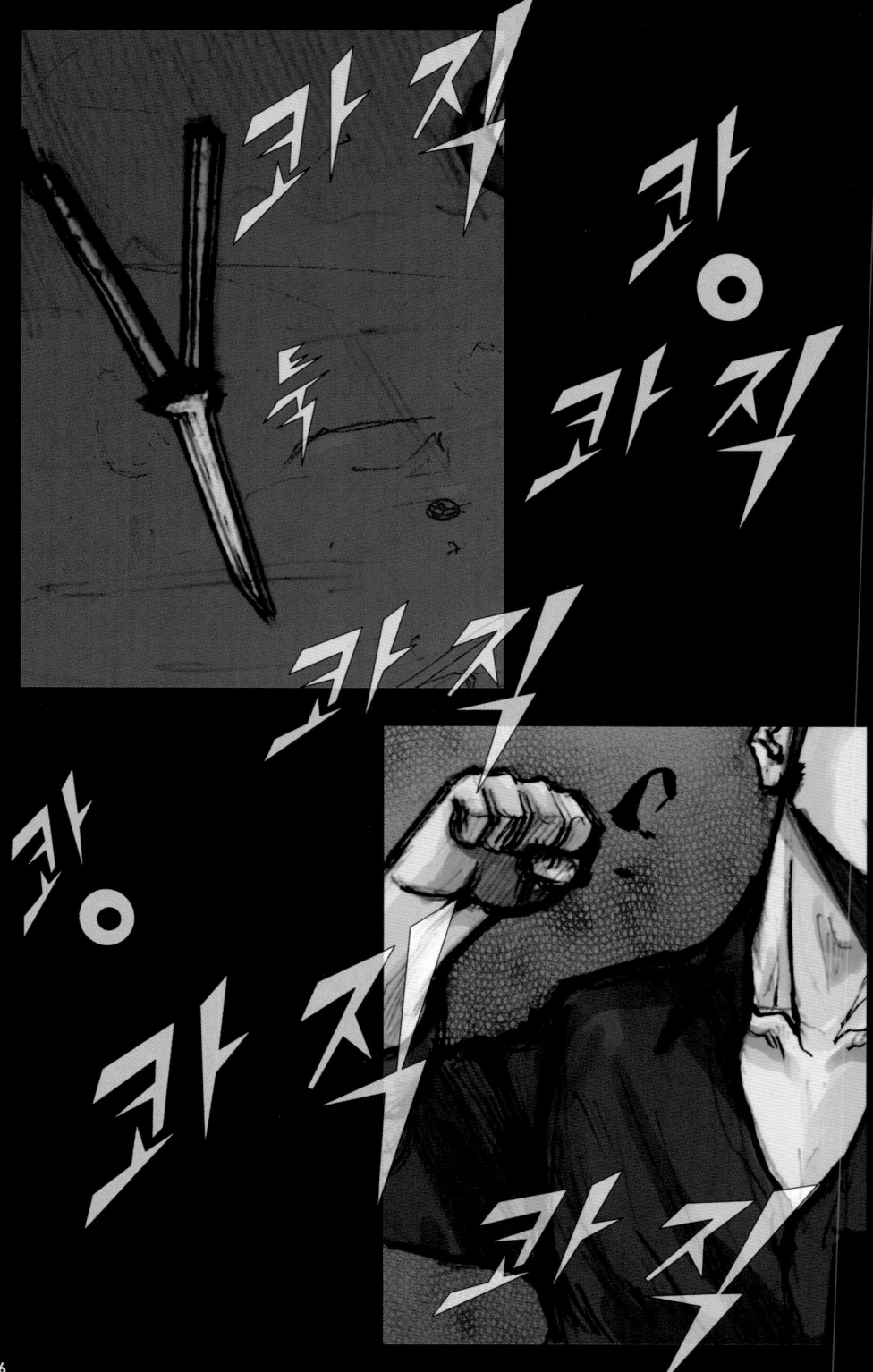

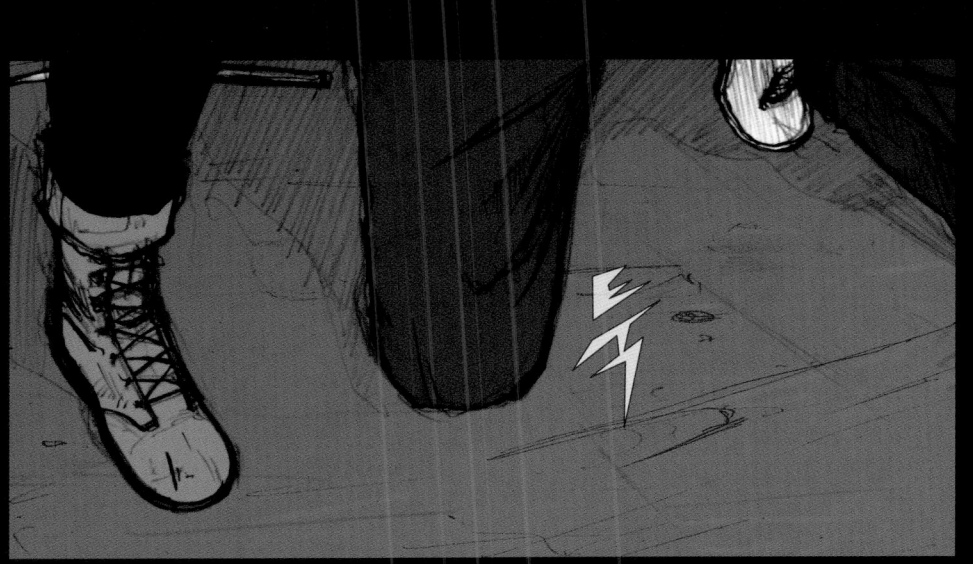

꾹.

서북고연이라고?

아, 아닙니다.

여기서 서북고연 이름 팔아야
뼁을 뜰 수가 있어서 이름만 판 거예요.
진짜 우리 그런 거 아니에요.

조용히 해.

진짜예요. 진짭니다.

서북고연이 뭐냐?

그게 원래 작년에
동진고 주축으로 만들어진 건데
여러 학교 연합이고요.
지금은 연합에서
대신공고랑 배성여고 떨어져 나간
상태라고 들었습니다.

현덕고.

그럼 형님이
개꼴통…

혀… 현덕?
꼴통들만 모인다는!

아, 아닙니다.
열심히 쓰겠습니다.

반박 불가

박스에 쿠폰 있음

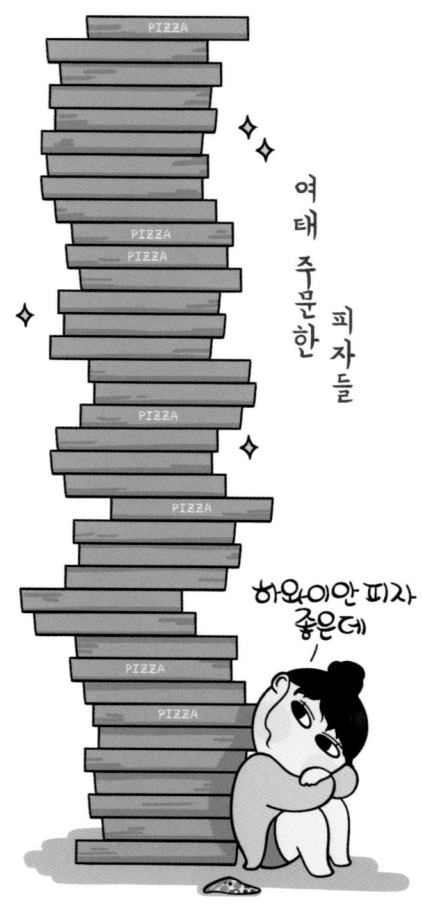

여태 주문한 피자들

하와이안 피자 좋은데

강혁도 안 보이고.
뭐지?

아, 안녕하세요?

아… 씨.
오늘은 나 혼자잖아.
짜증 나게. 학교를
안 나오고 지랄이야.

오늘은 같이 다니는
친구 안 보이네요?

상근직은 연봉 있습니다.

아…

학생도 얼굴만큼 마음씨가 예쁘네.
현덕고에 온 게 믿기지 않아요.

헤엣. 감사합니다.

그럼.

꺄아아아아…
나 보고 예쁘대애애애애~~

이 학교에 온 걸 보면
쓰레기처럼 살았던 년일 테고…

무료하던 차에
장난감 하나가 생긴 것 같네.

기천고- 강희성.
너클을 가지고 다닙니다.

부짱 박석호. 전통적으로
기천고에 네임드들이 많이 갑니다.
정상대, 김병건 딴 학교 갔으면
짱 먹을 애들.

당영고- 박일한. 부짱 박철순.

브레인 김종석. <-- 뭐 하는 놈인지
모르는데 꼭 같이 다님. 주먹은 좆밥이란
말이 있는데 확인된 건 없음.

백푸른. 퇴학당하고
형님 다니는 현덕고에 갔습니다.
서북고연에 까였다는 소문이 있음.

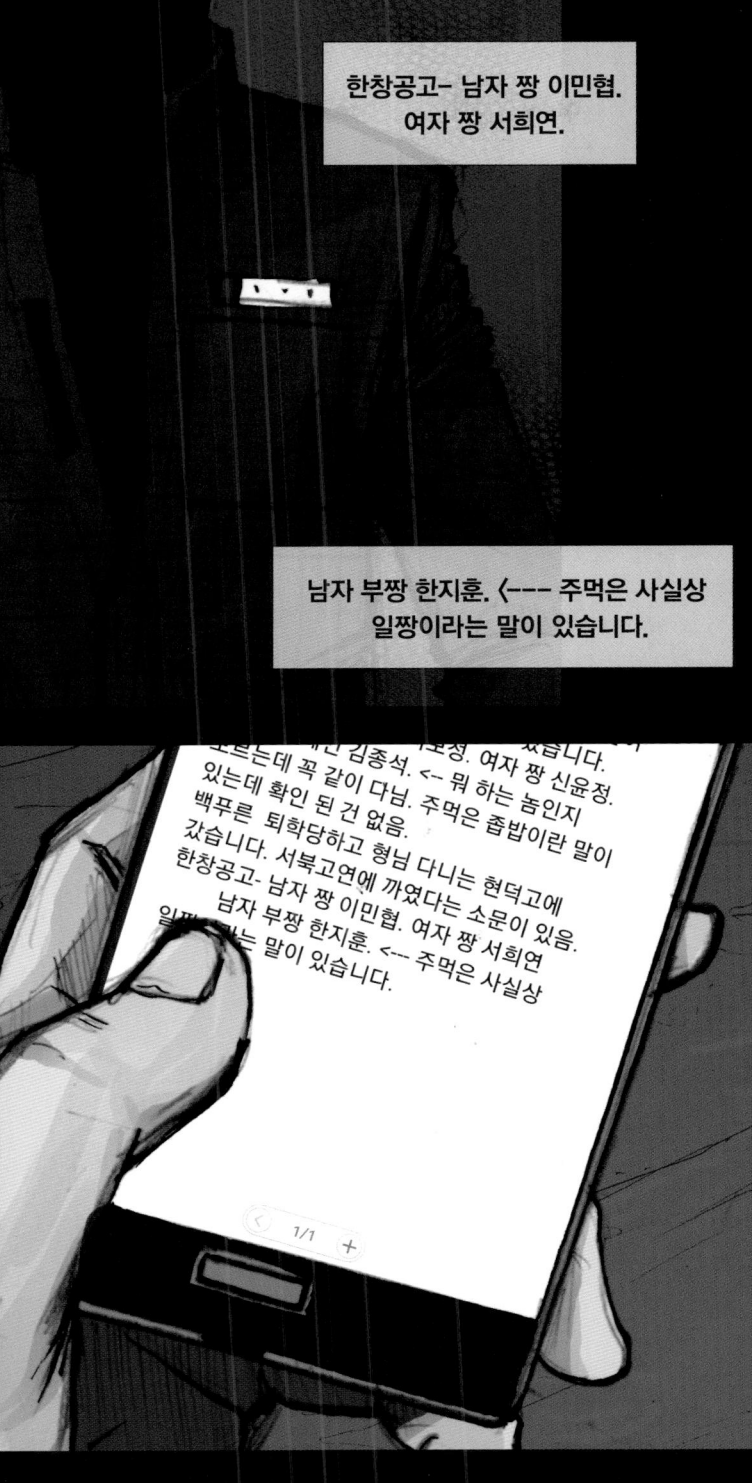

저기 형님. 근데…

왜?

이거 어쩐지
벽에 쓰고 싶은데?

혹시 얘네들
다 깔 거예요?

신고할 건데?

몰라. 근데 우리한테 이겼으니까 저 형이 이기는 걸로 하자.

작년에 서북고연 1기들이 1기 회장한테 처맞고 오히려 팬 됐다던데 이런 기분일까?

형은 맞아?

야. 방금 그 형이랑 1기 회장이랑 싸우면 누가 이기냐?

…

나이를 안 물어봤네…

애들이 보복이 무서워서
말을 안 해, 말을.

그럼 공식적으로는
피해 사례 0이네요?

그렇지.

비공식적으로
일어나는 일인 거네요?

그래. 그러니까 지나가다
학폭 사례 보면 넌 신고만 해.

신고하고 경찰 오기까지
기다리고 있으면 다 튀죠.

...

부탁 하나만 해도 됩니까?

야야. 뭘 그렇게 너답지 않게 늘어놓냐?

난 '공식적으로' 아무것도 모르는데. 너 '공식적으로' 싸우고 다닐 거야?

해.

'공식적으로' 끊겠습니다.

어머니께 말하지 마세요. 제가 후처럼 공부 열심히 하면서 살기 바라거든요.

지금 제가 하려는 것도 공부 편하게 하려고 하는 겁니다. 주위 싹 정리하고 전 공부…

이거 잘하는 짓인지 모르겠다.

문제는 작년엔
태산고 하나였지만
지금은 범위가 넓다는 것.

비공식적으로
조용히 해결하려면
작년에 썼던 방법으로
접근하는 게 가장 좋다.

너도 같이할래?

그렇다고 세운이 방식은
사람이 많이 필요해.
거기다 한계가 있다.

금방 누가 누구와
대립하는지 노출되고 금방
보복전을 치러야 한다.

다다다
다다다

목표를 포착했다.

야야! 메트릭스!

디바 뭐 하냐!

기천고 3학년 정상대

왔냐?

예. 여기.

299

일부러 너 증거 만들고 있지?
나중에 나 신고하려고? 아, 졌다.

아, 아닙니다.

확

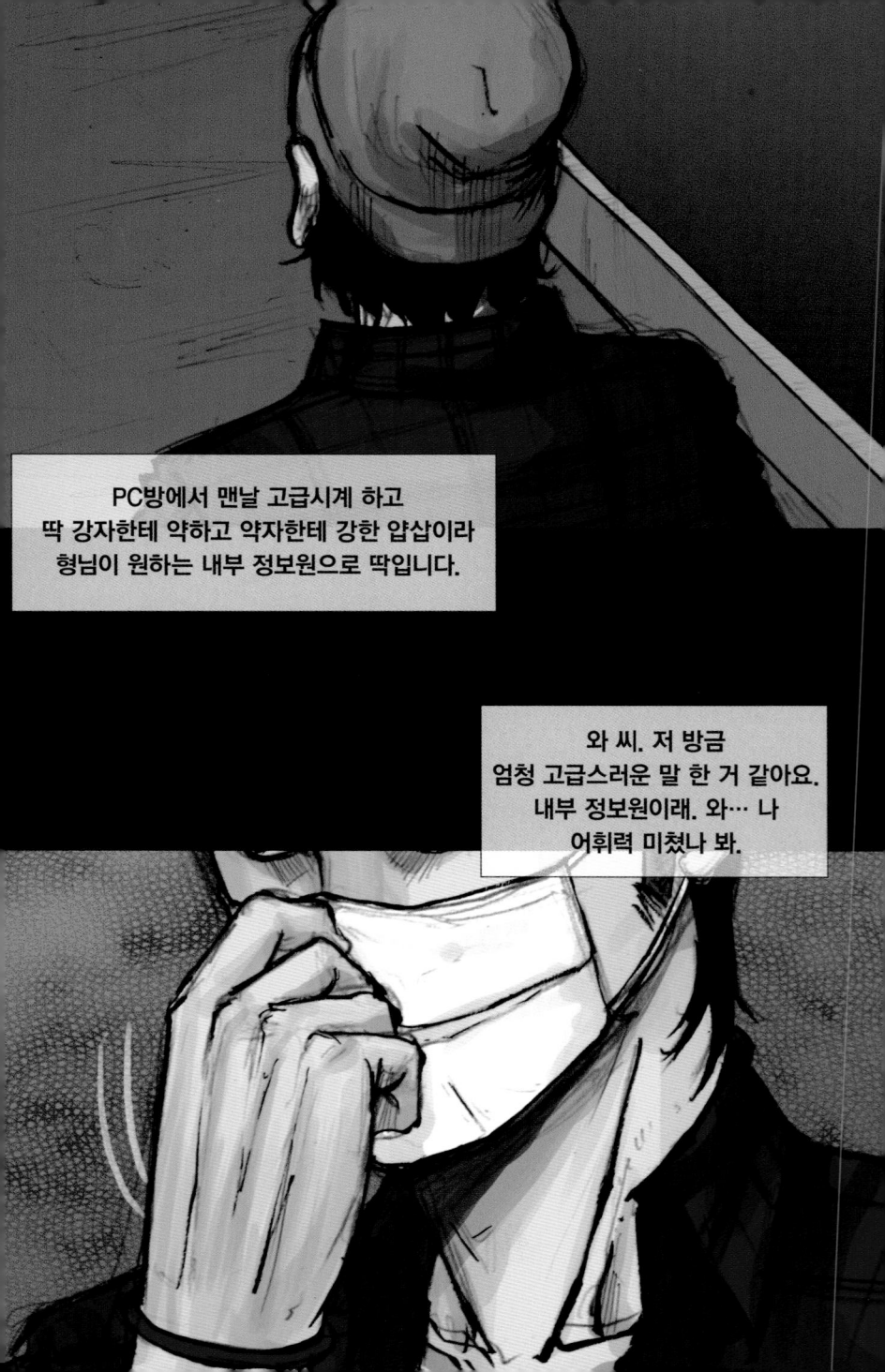

PC방에서 맨날 고급시계 하고
딱 강자한테 약하고 약자한테 강한 압삽이라
형님이 원하는 내부 정보원으로 딱입니다.

와 씨. 저 방금
엄청 고급스러운 말 한 거 같아요.
내부 정보원이래. 와… 나
어휘력 미쳤나 봐.

여기 있단 말이지?

독고2 2

초판 1쇄 인쇄 2019년 6월 27일
초판 1쇄 발행 2019년 7월 15일

지은이 민 백승훈
펴낸이 김문식 최민석
편집 이수민 김현진 박예나 김소정 윤예솔
디자인 손현주
편집디자인 김철
제작 제이오

펴낸곳 (주)해피북스투유
출판등록 2016년 12월 12일 제2016-000343호
주소 서울시 성북구 종암로 63, 4층(종암동)
전화 02)336-1203
팩스 02)336-1209

ISBN 979-11-88200-80-1 (04810)
　　　　979-11-88200-78-8 (세트)